Casseta & Planeta

O GRANDE LIVRO DOS PENSAMENTOS DE CASSETA & PLANETA

ubook ubk Publishing House

ubook ubk
Publishing House

CAPA E PROJETO GRÁFICO Bruno Santos
IMAGEM DE CAPA Nando Chagas

Dados Internacionais de Catalogação na Publicação (CIP)
(Câmara Brasileira do Livro, SP, Brasil)

O Grande livro dos pensamentos de Casseta & Planeta / Claudio Manoel... [et al.]. -- Rio de Janeiro : Ubook Editora, 2019.

Outros autores: Hubert, Marcelo Madureira, Beto Silva, Helio de la Peña.
ISBN 978-85-9556-118-2

1. Casseta & Planeta - Humor, satira etc. 2. Frases 3. Humorismo brasileiro 4. literatura brasileira - Miscelânea I. Manoel, Claudio. II. Hubert. III. Madureira, Marcelo. IV. Silva, Beto. V. de la Peña, Helio.

19-30722 CDD-B869.7

Ubook Editora S.A
Av. das Américas, 500, Bloco 12, Salas 303/304,
Barra da Tijuca, Rio de Janeiro/RJ.
Cep.: 22.640-100
Tel.: (21) 3570-8150

INTRODUÇÃO

Por falta de frase nova, passei o ferro na velha. Pela ausência da frase certa, no momento adequado, muitas vidas se desperdiçaram, grandes oportunidades, lentes de contato e guarda-chuvas se perderam.

Se César, ao ser apunhalado, em vez de dizer "Até tu, Brutus", tivesse dito "Viúva é igual lenha verde, chora, mas pega fogo" **não teria entrado para a história como o grande imperador romano, mas sim como um reles caminhoneiro.**

Se o grande estadista inglês Winston Churchill ao invés de dizer aos soldados aliados sua célebre frase "Nada temos a vos oferecer, a não ser sangue, suor e lágrimas", tivesse dito "Toma guaraná, suco de caju, goiabada para sobremesa", a segunda grande guerra teria mudado de rumo e, hoje, o mundo estaria sob o jugo dos nazifascistas e todos seriam obrigados a comer chucrute e batata, tornando a atmosfera terrestre irrespirável.

O GRANDE LIVRO DOS PENSAMENTOS DE CASSETA & PLANETA é o ponto de partida de uma obra ciclópica: um puxado com banheirinho que eu estou fazendo lá em casa. Os pensamentos desse livro, se lidos em voz alta na frente do espelho, levarão o leitor a uma profunda reflexão.

O GRANDE LIVRO DOS PENSAMENTOS DE CASSETA & PLANETA

consegue derrubar séculos e séculos de civilização ocidental. A oriental nós pretendemos destruir assim que aprendermos a falar japonês.

Muitos foram contra esse livro. Os ecologistas indagavam: Quantas árvores foram abatidas para escrever O GRANDE LIVRO DOS PENSAMENTOS DE CASSETA & PLANETA? E nós fizemos questão de responder: Foram 1243 pinheiros, 432 eucaliptos, 537 jacarandás, 232 maçarandubas e um jequitibá ereto.

Enfim, a masturbação solitária pode ser uma experiência gratificante, desde que os parceiros estejam de acordo.

Aviso

Todas as informações, opiniões, pensamentos e palpites contidos nesse livro são falsos. Todos os dólares recebidos por esse livro são falsos. Todos os whiskies comprados com o dinheiro arrecadado por esse livro são falsos. Todos os autores contidos nesse livro são falsos e fingidos.

Advertência

Não nos responsabilizamos por pessoas comidas através da utilização de frases contidas nesse livro.

ADOLESCÊNCIA TEM CURA?

Todo adolescente, no fundo, é muito preso. Preso por porte de arma, tráfico de drogas e até vadiagem.

Aonde querem chegar os jovens? E por que precisam do carro dos pais?

Os adolescentes rebeldes um dia entenderão que a ordem natural das coisas começa pela arrumação do quarto.

A adolescência é um período de tempo compreendido entre o nascimento dos peitinhos e o fim das espinhas.

Os filhos rebeldes, os adolescentes indignados, que não aceitam a corrupção e o jeitinho, têm que entender que eles nem existiriam se seus pais não tivessem mexido os pauzinhos.

ÁFRICA: ONDE O CABELO É MAIS CRESPINHO

ENTRE OS CANIBAIS AFRICANOS, COMER ALGUÉM NÃO É EXATAMENTE UMA SACANAGEM.

ESTÁ PROVADO QUE, NA ÁFRICA, EXISTE UM PERCUSSIONISTA POR HABITANTE.

ALEGRES E HOSPITALEIROS, OS CANIBAIS COSTUMAM BRINCAR COM A COMIDA ANTES DE PREPARÁ-LA. E AS VEZES ATÉ A COMEM, ANTES DE COMÊ-LA.

AJOELHOU TEM QUE REZAR

Se Maomé não vai à montanha, a montanha vaia Maomé.

Em Deus nós confiamos. Mas pedimos avalista.

Todos nós somos filhos de Deus, embora ele não reconheça a paternidade.

No princípio era a verba.

Ao chegar ao fim do ano, saudemos aquele que veio ao mundo só para nos salvar: o décimo terceiro salário.

Bem-aventurados os pobres de espírito porque deles é o reino dos céus. Tá bom. Mas tem lugar lá pra ficar ou a gente tem que ir pra casa de um amigo?

O tempo no céu demora uma eternidade para passar.

Jesus te ama, mas eu te acho um bundão.

Não cobiçarás a mulher do próximo, pelo menos na frente do namorado.

É mais fácil um camelo passar por um buraco de agulha do que se encontrar um ditado bíblico razoável.

O senhor é o meu pastor e fica latindo a noite inteira no quintal.

Como diria o Edir Macedo: "templo é dinheiro!"

Os crentes são a favor da extinção do Corpo de Bombeiros, pois só cristo salva.

ÁLCOOL DE BÊBADO NÃO TEM DONO

BEBO PORQUE É LÍQUIDO.
SE FOSSE GASOSO, PEIDAVA.
O ÁLCOOL É CAPAZ DE GRANDES METAMORFOSES. ELE FAZ VOCÊ IR PRA CAMA COM A ANITTA E ACORDAR COM A PABLLO VITTAR.

AMAR, VERBO INTRANSITÁVEL

O AMOR É CEGO. E SURDO, MUDO, PARALÍTICO, ENTREVADO, ESCLEROSADO E BOBO...

QUEM AMA NÃO MATA... AQUELE ÚLTIMO PEDAÇO DE BOLO DE CHOCOLATE QUE VOCÊ GUARDOU PRA COMER NA LARICA.

NÃO TENHO TUDO QUE AMO, MAS UM MUAMBEIRO DE MIAMI FICOU DE ME ARRUMAR.

AMAZÔNIA, O XINGU DO MUNDO

Seringueiro é que nem garoto de programa: ganha a vida tirando leite do pau.

Na Amazônia, floresta é mato.

O garimpo na Amazônia pode ser exercido apenas com uma picareta e um vigarista.

Nunca pague um seringueiro com um cheque borrachudo.

A Amazônia, pulmão do mundo, está doente. E não vai ser mole tirar a chapa.

A Amazônia é tão vasta que nela caberiam todos os países europeus. E a gente poderia ir a Londres e Paris sem sair do Brasil.

A única atividade agrícola que tem dado certo na Amazônia é a criação de caso.

ANALFABETISMO, O X DO PROBLEMA

A GENTE TEMOS QUE SE PREOCUPARMOS
COM O POBREMA DO AUNAFABETISMO.
ÓRFÃO PODE SER ANALFABETO
DE PAI E MÃE?

AQUELE VELHO CONTINENTE QUE FICA DEPOIS DE PORTUGAL

Os supermercados franceses são tão atenciosos que oferecem máscaras antigás pra quem vai à seção de queijos.

Para não fazer feio diante de um francês, peide ao servir queijo minas.

Os ingleses são tão educados que na Inglaterra quem dirige é o carona.

Na Suíça, até a torcida de futebol é neutra.

Em Roma, o turista desavisado tem que conviver com o péssimo estado das ruínas locais.

Alemão que come salsichão sabe o chucrute que tem.

A Suiça é um mundo de faz de conta numerado.

ARROZ,
UNIDO,
JAMAIS
SERÁ
COMIDO!

Pela punição ao chopp do colarinho branco!

Não vamos nos dispersar! A não ser que alguém tenha comido ovo cozido.

Mandem alimentos para os que têm fome! Mandem flores aos que guerreiam!! Mandem a Débora Secco lá pra casa!!!

Mandem remédios aos doentes! Mandem esperança aos aflitos!! Mandem a Giovanna Antonelli lá pra casa!!! Mas na quinta, porque na terça já vai a Débora Secco.

Cuecas, lave-as ou deixe-as.

BABACA, UM JEITO DE SER

UM BABACA PREVENIDO VALE
POR DOIS MANÉS.

NÃO SE SINTA INFERIOR POR SER UM BABACA.
ATÉ O GARRINCHA ERA MANÉ.

BAHIA, TERRA DA OCIOSIDADE

Nos restaurantes baianos a pressa é inimiga da refeição.

O povo baiano é negro em sua maioria, com exceção da palma da mão e da sola do pé.

O Brasil precisa de um presidente baiano, que já esteja acostumado ao ritmo em que as reformas que o país precisa vem sendo feitas.

Salvador é uma cidade de altos e baixos, ligados por um elevador.

Dentre todos os povos do mundo, o baiano se destaca. Se destaca e vai até em casa puxar um ronco.

Na Bahia tradicionalmente se elege o candidato que promete que vai fazer menos coisas.

Os baianos não tiveram saco nem para fazer uma cultura própria. Mandaram vir uma da África, prontinha.

O único jeito de fazer um baiano suar é pondo ele atrás do trio elétrico.

Sarapatel, caruru, vatapá... a preguiça do baiano é tanta que a comida já vem mastigada.

BALOFOS, ROLHAS DE POÇO, PUDINS DE BANHA E OUTRAS GORDOFOBIAS

O primeiro sentimento de quem está de dieta é o de revolta. Dá vontade de acabar com tudo, a começar pelo que tem na geladeira.

Com saudades do que não pode mais comer, o gordo de dieta dá um suspiro. E do suspiro à padaria é um pulo.

A diferença entre um spa e um campo de concentração é que o campo é grátis e mais animado.

O spa é o último degrau da dignidade de um gordo. É a sarjeta dos adiposos.

Se a gula é um pecado, o inferno deve ser ótimo pra fazer churrasco.

O negócio é ficar gordo. Já que você não vai comer a Scarlett Johansson mesmo... Pelo menos coma umas coxinhas.

Aos chegar aos quarenta, a única coisa com gordura que o homem pode comer é a sua própria mulher.

A gordura localizada não é um mal em si, desde que esteja localizada no corpo dos outros.

BELEZA, BONITEZA E LINDEZA

Essa história de beleza interior é muito boa pra igrejinha de Ouro Preto.

Beleza interior só se vê em raio X.

É chato ser gostoso. Mas muita gente age como se fosse gostoso ser chato.

É chato ser bonito. Mas é muito mais chato ser feio.

O BICHO VAI PEGAR

A única coisa errada no porco é que ele não vem com feijão.

Torresminho, costeleta, lombinho, linguiça... Do porco se aproveita tudo, menos o espírito.

Todo cuidado é porco.

A natureza é sábia: é só a cobra não aparecer que as aranhas começam a brigar.

Em rio que tem piranha, jacaré usa camisinha.

BRASIL!!!
BRASIL!!!
EM CIMA, EM
BAIXO E PUXA
E VAI...

O medo, a irracionalidade e a superstição nos impedem de ver, com clareza científica, que o problema do Brasil é um só: urucubaca!

O Brasil precisa de transparência. Se tudo fosse mais transparente a população conseguiria ver os peitinhos da Paolla Oliveira.

Nosso solo é rico devido às enormes margens de lucros de nossos rios.

Por que importar tanta merda lá de fora se o brasileiro, com a sua criatividade, o seu engenho, pode produzir sua própria merda aqui mesmo?

O Brasil tá botando macaco no prego pra pagar mico.

Se o Brasil mudou, não deixou o endereço.

O Brasil é um paraíso. Não temos vulcão, não temos terremoto e não temos a menor ideia de como vamos pagar a prestação da TV no fim do mês.

Por que nossa índole é pacífica se o nosso oceano é Atlântico?

Nossas matas são mais verdes, nossas empresas estão mais no vermelho e nossos bilhetes são mais azuis.

O Brasil está entregue ao deus-dará. E Deus não tá com a menor cara de que vai dar!

O chato da retomada do crescimento é o bafo quente na nuca.

O Brasil tem que entrar para a modernidade: não raspar o suvaco, não usar sutiã e tentar um bico de crítico na Ilustrada da *Folha de S.Paulo*.

Um país se faz com doleiros e livros-caixa dois falsificados.

Um país de faz com homens, mulezinhas e um nheco-nheco gostoso.

CARECAS, POUCAS TELHAS, AEROPORTOS DE MOSQUITO ETC...

CERTOS HOMENS NÃO SÃO CARECAS. O CALCANHAR DELES É QUE VAI ATÉ A TESTA.

O PIOR NA CARECA É A SENSAÇÃO DE VAZIO EXTERIOR.

VOCÊ É CARECA? NA SUA RUA TE CHAMAM DE BOLA DE BILHAR, TETO SOLAR E AEROPORTO DE MOSQUITO? CALMA, CONTROLE-SE. SENÃO VOCÊ ACABA FICANDO NERVOSO E VAI QUERER ARRANCAR OS CABELOS...

CASAMENTO, UMA INSTITUIÇÃO EM ANDAMENTO

Sua mulher ser conhecida no pedaço não é nada. O chato é quando todo mundo conhece o pedaço da sua mulher.

Em geral, as mulheres casadas ficam nervosas após a relação sexual. Elas se lembram que o marido pode chegar a qualquer momento.

O marido moderno precisa abrir mais a cabeça. Senão não tem lugar pra tanto chifre.

Mulher casada quando resolve dar um amasso pede o carro do marido emprestado.

O casamento é algo tão sério que devia ter licitação pública.

Esposa, não reclame de tudo que você passou no seu casamento. Reclame também de tudo que você lavou.

Um ex-marido deve se lembrar apenas dos melhores momentos da vida a dois. Até porque os melhores objetos a ex-mulher já carregou.

No bate-boca da separação, os maridos costumam

exigir tudo muito bem dividido. Em mil pedacinhos.

A questão da pensão sempre tem dois lados. A que a mulher vai receber e a que o homem vai ter que morar.

Filhos de pais separados têm que ficar com a mãe. Deve-se definir apenas se com a mãe dele ou com a dela.

Ex-maridos costumam sofrer de um problema de consistência híbrida. Eles se sentem meio homem, meio bosta.

A vida dá muitas voltas. A ex-mulher também. Com um, com outro...

CHEIRANDO MACONHA E FUMANDO COCAÍNA

A maconha é uma droga pesada. Um quilo de maconha é uma droga muito mais pesada que cem gramas de cocaína.

Definitivamente, a maconha não é uma droga. Droga é a maconha que andam vendendo por aí.

Na vida de um jovem estudante, a dependência da maconha não é nada. Duro mesmo é a dependência em Matemática ou Biologia.

O grande inconveniente da droga pesada é que ela é mais difícil de carregar.

Na falta do futebol e da religião, o ópio é o ópio do povo.

O uso do cachimbo de haxixe faz a boca de fumo torta.

Quem tem telhado de vidro bate carreira no teto.

Há algo no ar além dos aviões e das carreiras.

Com a falta de drogas no mercado, já tem

neguinho traficando até influência.

Ao entrar numa briga na boca de fumo, nunca pergunte "qualé o pó?". Você vai fazer papelote de bobo.

Ninguém se banha duas vezes no mesmo rio. Nem toma banho duas vezes no mesmo morro.

O braço direito de um traficante é o cara que vai preso enquanto ele foge. É sempre melhor ter um braço direito na cadeia do que o corpo inteiro.

Na Jamaica, o sujeito flagrado com dez ou quinze gramas de maconha é preso e condenado por mesquinharia.

Hoje o Carnaval é uma festa de branco. Se bem que também rola um preto e umas lanças.

CINEMA PORNOGRÁFICO DE SACANAGEM ERÓTICA

Em cinema pornô só se paga meia no banheiro.

Num filme pornô, as atrizes são escolhidas a dedo e os atores a palmo.

Muita atriz começou por baixo em filme pornô. E continua nessa posição até hoje.

COMO ERA VERDE A MINHA ALFACE

Os empresários devem preservar as florestas e matas. Não há lugar melhor para o capitalismo selvagem.

Proteja o verde de nossos dólares.

O mico-leão, quando colocado numa solitária, não consegue se reproduzir em cativeiro.

Preserve os gatos pingados. Eles são só meia dúzia.

Jacaré que bobeia vira Globo Repórter sobre a devastação do pantanal.

Os seres humanos não se preocupam nem com a devastação do seu meio ambiente, que dirá do ambiente inteiro.

Toda essa discussão ecológica é muito preconceituosa. Afinal de contas, o buraco é do ozônio e ninguém tem nada a ver com a vida do cara.

Estupraram a mata virgem, arrancaram o couro dos jacarés. Já devastaram até o couro cabeludo do Claudio Manoel.

O CORNO, ESSE INCOMPREENDIDO

Corno é como Coca-Cola: existe em toda parte.

O corno brabo é um bicho desconfiado. Apesar de tomar banho todos os dias está sempre com a pulga atrás da orelha.

O corno brabo também é conhecido como corno--do-mato porque está sempre gritando "Eu mato! Eu mato!".

A reprodução dos cornos é complicada. Na época do acasalamento, a fêmea do corno vem sempre com aquele papo de que tá a fim de dar um tempo e que precisa conquistar seu espaço.

O filho do corno nasce parecido com outro animal: o japonês da tinturaria, o encanador e até o síndico.

De graça até chifre na testa.

CUCARACHAS, CHICANOS E PERUVIANOS EM GERAL

A PRINCIPAL FONTE DE RENDA DA BOLÍVIA SÃO AS FOLHINHAS DE COCA COM FOTO DE MULHER NUA.

O MELHOR MOMENTO DE UMA VISITA AO MÉXICO É A ESCALA EM MIAMI.

O MÉXICO É IGUAL A MADUREIRA OU OSASCO. A DIFERENÇA É QUE VOCÊ TEM QUE PEGAR UM AVIÃO E VIAJAR QUINZE HORAS PARA CHEGAR LÁ.

A CURA DA MEDICINA

Há homens que dedicam toda a sua vida à medicina. São os doentes crônicos.

Procure conhecer a beleza interior da pessoa amada. Nem que para isso você tenha que apelar para uma tomografia computadorizada.

O estresse mata. Aprenda a relaxar para não ficar com o sistema nervoso.

Os urologistas sabem que é dedando que se recebe.

Quem gosta de descolar um bico é cirurgião plástico de mama.

A saúde, quando usada com moderação, pode trazer muito prazer e bem-estar à vida, desde que a sua utilização não prejudique o tabaco e o álcool.

Os medicamentos devem ser mantidos fora do alcance das crianças. E as enfermeiras, fora do alcance do pai delas.

DEIXA DE HISTÓRIA, BRASIL!

Na verdade, o bandeirante se embrenhou cada vez mais nas nossas matas na busca de um lugarzinho discreto onde pudesse cagar em paz.

Ao iniciar o desbravamento do interior paulista os bandeirantes nem sonhavam que um dia viriam a ser avião e rede de TV.

De índole expansiva e sempre aberto a novos relacionamentos, o português mesclou-se com o índio, o negro, o cafuzo, o mameluco, o emboaba, o niteroiense e ainda saiu correndo de pau duro atrás das capivaras.

Vagabundos por natureza, os índios não se adaptaram ao ritmo português — o fado. E levavam cinco dias pra espalhar serragem no botequim.

Como primeiros habitantes do Brasil, os índios pegaram os lugares da frente, o que causou conflitos com os portugueses que não conseguiam ver o show de mulatas por causa dos cocares.

A primeira missa no Brasil foi o maior programa de índio.

O Cabral devia ser meio esquisitão, senão por que ele escolheria pro nosso país o nome de um pau?

DINHEIRO E OUTROS LANCES QUE ESTRAGAM A RELAÇÃO

O lucro até que é legal. Imoral é o prejuízo.

Mais vale um papagaio na mão do que dois cheques voadores.

O cheque não compensa.

Promessa é dívida. Mas promissória é dúvida.

Como dizia o seu salário: é hoje que eu vou me acabar!

Economize. Antes de comprar uma briga olhe primeiro o preço.

Em terra de real, quem tem dólar é rei, o que não é vantagem nenhuma em regime presidencialista.

O dinheiro não é tudo na vida. Também tem o ouro, as ações, os imóveis e os títulos bancários.

Chega uma hora na vida em que um homem tem que pensar em maneiras de fazer dinheiro. Mas cuidado: falsificação dá cadeia.

Se merda fosse dinheiro, todo mundo ia dispensar o troco.

Esse negócio de botar no black o que tirou da bolsa às vezes é só um negão assaltando uma madame.

Não se mexe em salário que está perdendo.

Devo, não pago. Nego enquanto puder.

Capital de giro é aquela grana que você precisa para dar uma volta com o broto.

O fantasma do desemprego é a alma do negócio.

Se a sua empresa começou a fazer água, bote um limãozinho, açúcar, engarrafe e venda na praia.

Tempo é dinheiro. Mas sempre é bom exigir identidade e CPF.

Todo economista tem certeza de que pode salvar o mundo do caos e do que os outros economistas que vieram antes dele fizeram.

Não deixe o seu dinheiro parado. Leve-o para fazer jogging no Ibirapuera.

Economize nos transportes. Corte as pernas dos membros de sua família para eles passarem por debaixo da roleta.

Existem três tipos de dólar: o comercial, o de turismo e o falso, que é esse que você acabou de comprar.

A preferência dos brasileiros pela poupança é um dado cultural. Já os americanos preferem a caderneta de peitança.

DITOS DITOS PELO DITO*

* (Dito é um amigo meu, você não conhece não)

Em terra de cego quem tem olho é cu.

O sonho não acabou. E ainda temos pão doce, maria mole e queijadinha.

Os brutos também mamam.

Uma biblioteca se faz com livros e livros.

Uma suruba se faz com homens e mulheres.

Termas são feitas com homens e homens.

Os peito é bom e eu gosto!

Longa vida ao leite de caixinha, para que ele assista de pé à minha vitória.

No Havaí todas as sandálias são havaianas.

É DURO SER DURO

Se você nunca viu a cor do dinheiro, além de pobre deve ser cego.

Não se lamente por viver com a corda no pescoço. Tiradentes também esteve assim e hoje é herói nacional.

Quem dá aos pobres empresta a juros.

Sonho de pobre é morrer na maior grana.

Quem dá aos pobres não deve se aborrecer ao ser chamado de boiola.

Esse seu negócio de querer ganhar dinheiro não seria uma negação da sua pobritude?

Se você tem uma camisinha sobrando lembre-se dos pobres que não tem porra nenhuma.

O povo não é bobo. Mas tem a maior cara.

O pior pobre é o que acumula e é burro também.

No Carnaval, alegoria de pobre dura pouco.

ENGARRAFAMENTO, SÓ DE WHISKY

A cada cinco minutos quatro pessoas são atropeladas, seis são vítimas de omissão de socorro, três ficam presas nas ferragens e mais de cinquenta curiosos ficam olhando sem fazer nada.

É incrível a quantidade de veículos que trafegam com pneus e motoristas carecas.

O pedestre brasileiro não sabe usar a passarela. Ele precisava fazer um curso de modelo e manequim, sei lá...

O brasileiro no trânsito é omisso. Até na hora de ser atropelado ele tenta tirar o corpo fora.

O motorista profissional, devido a uma estafante jornada de trabalho, mal tem tempo de ir ao banheiro e se vê obrigado a fazer merda no trânsito.

EM SE CANTANDO TODAS DÃO

Tem muita cantada por aí que é playback.

Ninguém sabe o dia de amanhã. Então, que tal um cineminha hoje à noite?

Depois de uma sexta-feira da paixão sempre vem um sábado de pé na bunda.

Quem namora marombeira tem que fazer a maior ginástica para ela ficar toda malhadinha.

ESSE BRASILZÃO DE MEU DEUS

Muita gente sonha em ir morar no Pantanal, pra tirar o pé da merda e botar o pé na lama.

Mineiro só é solidário na solitária.

A única função do Espírito Santo é aumentar a distância entre o Rio e a Bahia.

Quando você estiver na maior merda, conheça o Piauí. Você verá que podia ser bem pior.

Impossibilitado de arranjar uma boca no serviço público, o paulista se viu obrigado a trabalhar.

Várias vezes o paulista tentou se separar do Brasil. Mas sempre desistiu ao ver a pensão que o juiz ia mandar pagar.

Guarapari, Camboriú, Guarujá. Estes balneários têm nomes indígenas porque era lá que os índios faziam seus programas.

O separatismo sulista pode levar o país a uma luta mais sangrenta que churrasco, mais amarga que chimarrão e mais chata que os Engenheiros do Havaí.

FILHOS POR QUE QUILHOS

Seu filho usa saia e não come ninguém? Calma, vai ver ele é padre.

Na hora de pegar no batente, verás que o filho teu não vai à luta.

Converse francamente com o seu filho. O orgasmo, por exemplo. Ele precisa saber que porra é essa.

As crianças de hoje não são como as de antigamente. As de antigamente cresceram e hoje são adultas.

É triste ver nossas crianças pelas ruas fazendo avião. Até quando o vício do aeromodelismo destruirá as gerações do futuro?

O bom filho da puta à casa da mãe Joana torna.

Incentive a criatividade de seus filhos através do artesanato. Deixe, por exemplo, que eles mesmos confeccionem os cintos e chinelos com que vão apanhar depois.

O FIM DO MUNDO É O FIM DO MUNDO!

A vida humana na Terra é como o papel higiênico no banheiro. Pode acabar a qualquer momento e quando a gente se der conta a cagada já vai estar feita.

No fim dos tempos, os quatro cavaleiros do apocalipse percorrerão os continentes e espalharão a destruição, a dor e o ódio cantando música sertaneja.

Quando baixar a poeira da última bomba atômica o sol vai nascer para todos. Oba, vai dar praia!

Os quatro cavaleiros do apocalipse já são 37. Sem contar a peste, que partiu para uma carreira solo.

Quando o mundo for devastado e a humanidade dizimada, ainda sobrará um homem. E ele vai poder ir ao banheiro de porta aberta.

GOVERNO, VOCÊ AINDA VAI TER UM

Não importa o tamanho do ministério e sim as verbas que ele proporciona.

Para o bem da nossa democracia é preciso saber se o dinheiro público está sendo usado em negócios escusos ou simplesmente em roubalheiras.

O cinismo dos nossos governantes é igual à suas contas na suíça: não tem limite.

Assim como os diamantes, as dívidas do governo são eternas.

No Brasil, ministro da Fazenda tem que ler jornal todo dia. E começar pela seção de empregos.

GRAMÁTICA: É GRAVE A CRASE

OS COLETIVOS SÃO A PARTE DA GRAMÁTICA QUE ESTUDA OS MEIOS DE TRANSPORTE.

O FUTURO DO PRETÉRITO A DEUS PERTENCERIA.

O ESTRUPO É UMA FORMA DE VIOLÊNCIA CONTRA A GRAMÁTICA.

O HOMEM, ESSE ANIMAL

A humanidade é uma imensa torcida do Botafogo achando que tudo vai dar certo no final, mesmo sem ter nenhum motivo para isso.

O homem é o único animal que ri quando a Polícia Federal descobre quinze quilos de esmeralda dentro do seu sapato.

O homem é o único animal que ri das imitações do João Kleber.

O homem político é um animal.

Os três aspectos fundamentais da vida humana são dois: sexo.

O HOMEM, ESSE MACHO

TODO HOMEM TEM QUE ESTAR PREPARADO PARA O DESABROCHAR DA IMPOTÊNCIA.

CONSUMIDOR MACHO NÃO LEVA DESAFORO ESTRAGADO PRA CASA.

MACHO QUE É MACHO NÃO SENTA NA BANANA. SENTA NO CACHO.

INTELECTUAIS, QUATRO-OLHOS, CDFS E OUTROS SUJEITOS QUE VOCÊ PASSAVA A MÃO NA BUNDA

ASSIM COMO A BRITADEIRA, O INTELECTUAL FAZ BARULHO E SÓ TRABALHA À NOITE.

O INTELECTUAL SUPERA A FASE ANAL E PASSA TRANQUILAMENTE PELO COMPLEXO DE ÉDIPO. MAS PARA NA FASE ORAL E NÃO CONSEGUE MAIS CALAR A BOCA PELO RESTO DA VIDA.

O INTELECTUAL É UM ESPÍRITO INQUIETO. ROMPE COM O MDB E VAI PRO PDT. ROMPE COM O PDT E VAI PRO PSDB. ROMPE COM O PSDB E VAI PRO PT. ROMPE COM O PT E COM O SACO DE TODO MUNDO QUE LHE ATRAVESSA O CAMINHO.

JASPION E SEUS AMIGUINHOS

Peru de japonês é como rifle: para ter precisão só com mira telescópica.

Nem todo mundo que está com a mão amarela peidou. Às vezes é só um japonês.

Um japonês que tem o pênis cortado pela esposa ciumenta deve recorrer ao Tribunal de Pequenas Causas?

Coreano é igual paulista. Tem cara de japonês, trabalha o tempo todo e não sabe falar português.

JORNALISMO OU A ARTE DE EMBRULHAR O PEIXE

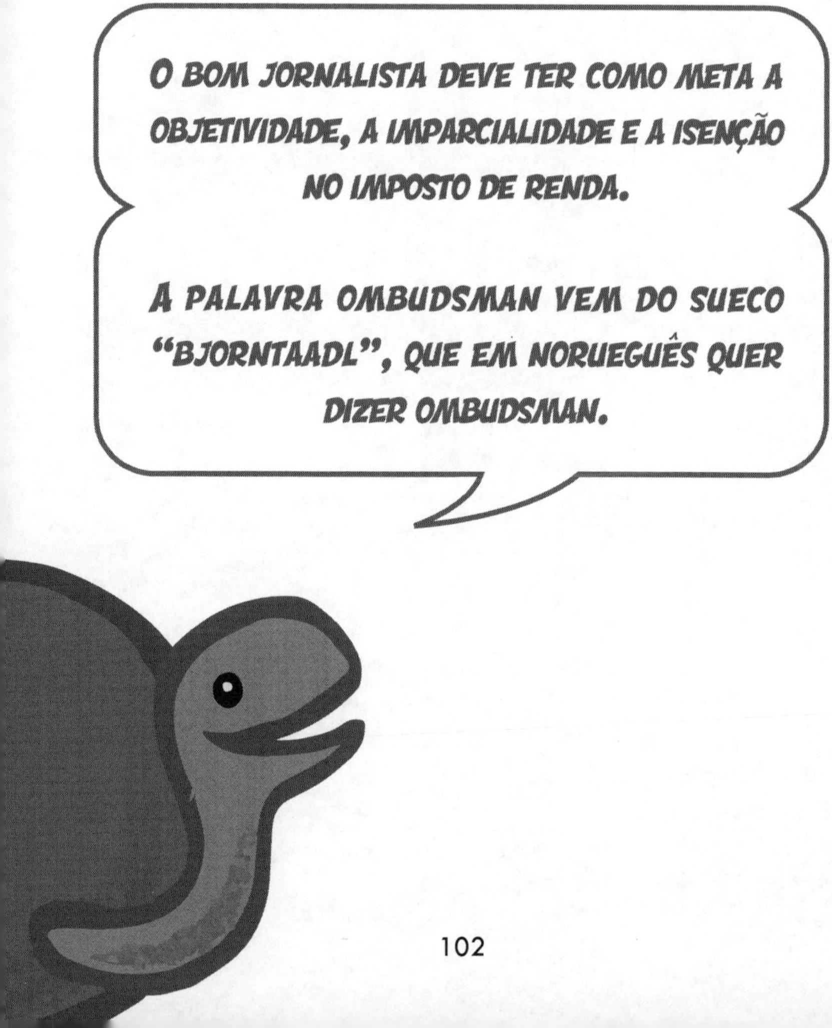
O BOM JORNALISTA DEVE TER COMO META A OBJETIVIDADE, A IMPARCIALIDADE E A ISENÇÃO NO IMPOSTO DE RENDA.
A PALAVRA OMBUDSMAN VEM DO SUECO "BJORNTAADL", QUE EM NORUEGUÊS QUER DIZER OMBUDSMAN.

A JUSTIÇA É CEGA E O STEVIE WONDER TAMBÉM

Diga-me com quem andas e te direi quem és na presença do meu advogado.

Não frequento tribunais que me aceitam como advogado.

Justiça é igual carro a álcool: custa a pegar.

Não trafique, não mate, não estupre... sem antes comprar um advogado.

Numa noite chuvosa de sábado, um advogado solitário pode fazer justiça com as próprias mãos no banheiro?

Tudo bem, a justiça é cega. Mas isso não é motivo pros juízes do STF vestirem aquelas capas ridículas.

Não assine nada... sem antes comprar uma caneta.

Quem faz Direito já começa fazendo errado.

LGBT, U, V, W, X, Y, Z

Hoje em dia o único brasileiro que dá certo lá fora é a travesti.

Agasalhe um croquete neste inverno.

Tem gay que não encara uma xoxota nem por um caralho.

A travesti é como o militar: pode ser da ativa ou da passiva.

Assume! Prende o pinto e solta a franga!

LIBERDADE, AINDA QUE À TARDINHA

LIBERDADE É PASSAR A MÃO NA BUNDA DO GUARDA.

O PREÇO DA LIBERDADE É A ETERNA VIGILÂNCIA. MAS NO CARTÃO FICA 40% MAIS CARO.

QUEM GOSTA DE REGRA É FABRICANTE DE OB.

MÃOS AO ALTO! ISSO É UM POLÍTICO!

Partido político é que nem dança de são João: antes de começar tem que formar uma quadrilha.

Ao se molhar a mão de um político com uma solução de água e papel-moeda, observa-se o fenômeno da evaporação de verbas.

Os eleitores devem se conscientizar de que o voto é a sua arma. Mas também com alguns candidatos, só matando.

É inegável o esforço dos políticos para diminuir os gastos públicos. Eles só têm usado demagogia barata.

Cada vez que um político leva um por fora, a gente leva um por dentro.

Muitos políticos chegaram ao ponto de nomearem familiares para serem seus parentes.

Muitos homens públicos despertam tardiamente para a política. É que em Brasília ninguém trabalha de manhã.

Uma pergunta para Lula: por que sempre arroz com brócolis?

Todo profissional liberal é um conservador amador.

A nível de talvez, o PSDB é pelo depende.

A política é a arte de fazer alianças. Derretendo cordão de ouro roubado.

É preciso dar um basta na corrupção. Do jeito que estão roubando, não vai sobrar nada para mim.

O petróleo é nosso. E os dez por cento, ficam com quem?

Na questão nuclear, tem muito urânio por aí enriquecido ilicitamente.

Dois corpos não podem ocupar o mesmo espaço no horário eleitoral gratuito. A não ser que um dê o seu espaço ao outro em troca de trinta mil dólares ou um ministério, o que pintar primeiro.

MULHER, SABENDO USAR NÃO VAI FALTAR

Com o feminismo, as mulheres tiveram livre acesso à cocaína e já é comum ouvir-se a frase: "tão bonita e cheirando igual a um homem."

Para algumas mulheres, pênis é um sapato esportivo usado por fanhos.

Para outras é uma coisa comprida com um homem na ponta.

A legítima fofoqueira, quando nasce e leva a tradicional palmada, já vai dizendo pro médico: "tá pensando que eu sou igual a essa sua assistente pra ir logo passando a mão na bunda?"

A Scarlett Johansson é como disco voador: todo mundo diz que viu, uns poucos fazem ar superior e garantem que já estiveram lá dentro. Um dia a gente ainda descobre que é tudo invenção do cinema americano.

Ninguém sabe bem por que, mas as neurocirurgiãs costumam mexer com a cabeça dos homens.

Toda mulher tem uma criança dentro de si, princi-

palmente quando está grávida.

Os peitos são como os prédios brasileiros. Quando eles começam a crescer ninguém imagina que um dia aquilo vai despencar.

Certas mulheres têm um balanço de fechar o comércio. São auditoras da receita federal.

O
MUNDO
É UMA DROGA.
MAS É MELHOR
QUE A MINHA
SOGRA

Por causa das *fake news*, o mundo está cheio de mentira, maldade e ilusão. Tirando Papai Noel, não se pode acreditar em mais ninguém.

Está cada vez mais difícil encontrar pessoas boas. Ninguém tem o telefone da Paolla Oliveira. O endereço da Fernanda Lima então, nem pensar.

O mundo vive momentos de apreensão. Se você é contrabandista, cuidado.

Nossos mais lídimos valores estão sendo corroídos. Eu mesmo guardei uns dólares no fundo do armário e outro dia, quando eu fui ver, o cupim comeu tudinho.

MÚSICA: CAI EM SI, VEM DE RÉ QUE EU VOU SEM DÓ

O rock brasileiro se deixou influenciar por esses ritmos americanos.

Todos temos que dar nossa cota de sacrifício. Mas assistir a show de dupla sertaneja já é demais.

João Gilberto levou nossa música para o exterior. Mas ficou o tempo todo trancado com ela dentro do quarto do apart-hotel.

Quando será que nossos grupos de rock vão fazer sucesso no exterior e deixar nossos ouvidos em paz?

A onda heavy metal veio para ficar. E o que é pior, ficar no seu quarto ouvindo o som alto pra cacete.

Metaleiro balança a cabeça pra ver se o cérebro pega no tranco.

O rock é um estado de espírito. O Roberto Carlos, por exemplo, nasceu no estado de Espírito Santo, portanto ele é rock.

Neurônio de roqueiro é que nem mãe: só tem um.

Como dizia Beethoven: "hein? O quê? Dá pra falar mais alto?"

NÃO FAÇA DO
SEU REVÓLVER
UMA ARMA.
A VÍTIMA PODE
SER VOCÊ

Diga-me com quem andas que eu te acusarei de formação de quadrilha.

A submetralhadora Uzi é a arma dos incompetentes.

Nunca se deve aceitar balas de estranhos. Principalmente se eles forem milicianos.

O mal dos sequestradores é que eles só pensam em dinheiro.

Não existe crime perfeito. Pra falar a verdade, quase todo assassinato é meio matado.

É dura a vida na cadeia. Os homens saem de lá completamente por baixo, fugindo pela tubulação de esgoto.

PM não é batom, mas também anda nas bocas.

O NASCIMENTO É O MAIOR PARTO!

João Gilberto só concordou em nascer depois que a equipe médica diminuiu a luz e desligou o ar condicionado da sala de cirurgia.

Por mais fracassado que seja, todo ser humano deve ser considerado um espermatozoide de sucesso.

Mulher grávida vive reclamando de barriga cheia.

Dentre os bilhões de espermatozoides que são lançados no colo uterino apenas um consegue fecundar o óvulo, porque deu grana pro porteiro e comprou o gabarito da prova.

O ORIENTE É MÉDIO

NO ACORDO COM OS PALESTINOS, ISRAEL GARANTIU QUE NÃO VAI DAR O PRIMEIRO TIRO. VAI SÓ EMPRESTAR.
NO ORIENTE MÉDIO, APRESSADO COME QUIBE CRU.

O QUE SOMOS? PARA ONDE VAMOS? E É LEGAL LÁ?

Não importa saber de onde viemos e nem para onde vamos. O importante é pegar um lugar na janela.

Quando vemos que nós, homens, somos tão pequenos diante da Terra, e que a Terra é apenas um pequeno planeta dentro do Sistema Solar; e que o Sistema Solar não passa de um minúsculo ponto da Via Láctea, que por sua vez é um grãozinho de areia dentro do universo... Quando percebemos tudo isso é que pensamos: que puta crise existencial devem ter as amebas, hein?

Se você não é pau, por que vive duro e feliz?

Por que as catástrofes sempre terminam em tragédia?

Vinte e um séculos de civilização e ainda não sabemos quem somos, para onde vamos nem quanto custa a passagem. E se for de ônibus eu não vou!

Tudo já foi feito, tudo já foi dito. Mas por que em inglês, que a gente não entende?

PACOTE ECONÔMICO NO DOS OUTROS É REFRESCO

Plano econômico é uma ideia na cabeça e uma Câmara de Deputados na mão.

Os planos econômicos, a princípio, parecem algo confuso e sem sentido. Mas, à medida que nos aprofundamos em seus detalhes, percebemos aliviados que estamos diante de um todo sem pé nem cabeça.

Plano econômico no Brasil é que nem picolé de quiabo. Alguém tem que engolir, senão acaba melando.

Freud explica. Já o ministro da Economia na TV...

PAGANDO O MICRO

Computador é igual a mulher boa: todo mundo diz que gosta, que entende, mas poucos sabem como é que funciona, como é que mexe e onde liga.

Os computadores são como as carroças. Sempre tem um burro na frente.

Nem tudo está perdido no computador nacional. Só os arquivos de dados, os programas-fonte e o sistema operacional.

Os técnicos de TI adoram fazer programa, mas só entre eles. O que obriga suas mulheres a chamarem o padeiro, o leiteiro ou o entregador de pizza.

Graças ao avanço da informática na área do lazer, o desocupado de hoje tem ao seu alcance milhares de oportunidades e coisas para não fazer.

Em computador de bandido os dados já são processados por um advogado.

PÉ DE ATLETA TEM CURA, JÁ CABEÇA...

No boxe, o juiz é o único presente no ringue que sabe contar até dez.

O salário de um jogador de basquete não tá dando nem pra cesta básica.

Na pole position, o piloto fica por cima.

Numa prova olímpica de corrupção, a equipe da polícia brasileira leva, sem dúvida, ouro, prata, bronze e umas cervejinhas.

PENSAMENTOS DA RODADA

Na vida é preciso sempre mudar, sobretudo com o preço absurdo dos aluguéis.

A vida é um grande rio de águas cristalinas. E se você mora na beira, se manda que a maré tá subindo!

O homem deve se abrir para o mundo, como uma árvore frondosa que balança ao sabor do vento e cai sobre o chalé de um pobre lenhador, matando sua mulher, seus três filhos e o sargento Ricardo da polícia montada que estava dentro do armário.

Não se deixe levar por esperanças vãs nem pela polícia. Fuja pelos fundos enquanto é tempo.

Se você vive querendo passar os outros para trás, cuidado com o bafo na nuca.

O que importa não são os fatos e sim a versão remixada.

Quem tem cu tem rego.

Não se debruce demais sobre o lado oculto do seu

ser. Isso dá problema na coluna.

Neste mundo desprovido de sentido, muitos se perguntam como atingir o âmago do ser. De preferência com um soco na boca do estômago, um pouco acima do baço.

Se chiar resolvesse, sal de frutas não morria afogado.

O que é uma dupla, senão um trio desfalcado?

Filmes e livros não são feitos para dar toques. Se você está interessado nisso, procure um urologista.

Você ainda não encontrou o seu caminho? É a primeira porta à direita, no fim do corredor.

Quem coça o rabo, cedo ou tarde cheira o dedo.

Grandes brasileiros vieram do nada. Mas, ao longo do tempo, mantiveram-se fiéis às suas origens e lá permaneceram.

O verão é um tempo de calor, samba e cerveja.

Calor infernal, samba mal tocado e cerveja morna.

Numa prensa hidráulica, vão-se os anéis e ficam os dedos.

Todo puxa-saco sabe que não se faz uma omelete sem babar os ovos.

O livro de memórias do Van Gogh tinha orelhas?

O suicídio nunca deve ser cometido em outra pessoa.

Todos têm direito a um lugar ao sol. Mas, pelo amor de Deus, não na minha praia.

O cachorro abana o rabo, porque o rabo, enquanto segmento discriminado do corpo da sociedade, ainda não conquistou o direito de abanar o cachorro.

PORRADA, VOCÊ AINDA VAI LEVAR UMA

Doa a quem doer, o fato é que a violência machuca.

Em São Paulo, um homem é atropelado a cada cinco minutos. Além de não ter tempo pra mais nada, o cara deve estar todo quebrado.

A vida nas grandes cidades está cada vez mais desumana. Os mudos já não se falam, os cegos nem se olham e os manetas não se cumprimentam mais.

Respeite os mortos. Depois de um tiroteio na padaria, não pergunte se o presunto é fresco.

Se perfilássemos os cadáveres resultantes dos assassinatos cometidos no Rio e em São Paulo em apenas um mês, ia dar um trabalhão, sem falar no mau cheiro.

O combate à violência é como uma partida de futebol: alguém tem que dar o pontapé inicial.

PORTUGAL É UMA PIADA

A ÚNICA COISA DIGITAL QUE PORTUGUÊS CONSEGUE USAR É A IMPRESSÃO.

POR PRESSÃO DA IGREJA, EM PORTUGAL A HOMOSSEXUALIDADE É ACEITA SOMENTE COMO MÉTODO ANTICONCEPCIONAL.

A ÚNICA VANTAGEM DE CONHECER PORTUGAL É QUE LÁ AS PIADAS DE PORTUGUÊS ACONTECEM AO VIVO.

PROFISSÃO: A PERIGO

Não há dúvida de que um bom office boy carrega uma empresa nas costas. Principalmente na hora de entregar o malote.

Os office boys não estão nem aí. E também ainda não chegaram lá.

Os office boys estão em toda parte. Menos na sua sala quando você precisa...

Quem vive de rendas é vendedor de sutiã.

O vaqueiro de nossos dias usa a mesma roupa de couro de seus antepassados. E o que é pior: essa roupa nunca foi lavada!

Carteiro feliz é aquele que gosta de sê-lo.

O cozinheiro fez mal almoço.

Se você dá para Engenharia, pode ser um bom engenheiro. Mas se você dá para Diretor de novela, nada te garante um emprego de atriz.

Todo vagabundo tem um nome a lazer.

Nem todo comerciante é ladrão. Tem gente que está na profissão errada.

O PRIMEIRO HÍMEN A GENTE NUNCA ESQUECE

VIRGINDADE É QUE NEM PICOLÉ:
ACABA NO PAU.

A MATA É VIRGEM PORQUE O
VENTO ESCORREGA NO QUIABO.

VIRGINDADE NÃO É PÊNALTI:
PODE PERDER.

PSICARETAGEM

A psiquiatria se divide em duas correntes: contínua e alternada.

Os psicanalistas não entendem nada. Símbolo fálico é o caralho!

Com a degradação dos costumes, muita gente por aí tem fixação na figura paterna do vizinho.

A psicologia moderna comprova que os condenados à prisão perpétua se sentem muito presos e precisam se soltar um pouco mais.

Psicanalista não aceita conversa fiada.

PUNHETA, CINCO CONTRA UM, BARCELONA X BOTAFOGO E OUTRAS COVARDIAS

COMO DIZIA O ONANISTA, AMOR SÓ DE MÃO.

GUARDE SEMPRE SUA MÃO MAIS BOBA PARA SEGURAR O CELULAR.

FELIZES SÃO OS SURDOS-MUDOS. PUNHETA PRA ELES É QUASE SEXO ORAL. E NO FINAL, A MÃO AINDA PERGUNTA: "FOI BOM PRA VOCÊ?"

QUEIMANDO A LÍNGUA

PARA VENCER NA VIDA É MUITO IMPORTANTE APRENDER UMA LÍNGUA. NEM QUE SEJA A DO SEU PAÍS.

O PORTUGUÊS É UMA LÍNGUA MUITO FÁCIL. AFINAL, UM TROÇO QUE É FALADO EM PORTUGAL, QUALQUER IDIOTA É CAPAZ DE APRENDER.

QUE TIME É TEU?

A MAIS ANTIGA REFERÊNCIA SOBRE O FUTEBOL SE ENCONTRA NA BÍBLIA: CORÍNTIOS VERSUS SÃO PAULO.

O FUTEBOL CONTRIBUIU DE FORMA DECISIVA PARA O DESENVOLVIMENTO DA ORTOPEDIA, DO RAIO X E DO GELOL.

A COPA DO MUNDO É COMO O SEXO NA VIDA DOS INGLESES: ACONTECE DE QUATRO EM QUATRO ANOS E O RESULTADO NEM SEMPRE É SATISFATÓRIO.

RICO
RI À
TOA

Rico quando come galinha, é modelo ou manequim.

Rico quando come galinha, um dos dois tem plano de saúde.

Rico quando come galinha manda o motorista levar em casa.

Não tenho tudo que amo. Mas já estou providenciando.

Quando a esmola é grande, o rico desconta no imposto de renda.

Quando o imposto é grande, o rico desconfia.

Em briga de rico, faisão de fora não se manifesta.

As maiores locomotivas do nosso *society* estão sempre engatando.

SEGURA NO MEU JOYSTICK

Os jogadores de videogame são pessoas normais, que tomam sorvete pela testa como todo mundo.

Com o advento dos videogames, a punheta finalmente chegou à era eletrônica.

SEM POR CENTO

O Michel Temer virou presidente, a maconha foi legalizada em alguns países, a Islândia foi para a Copa do Mundo. Esses fatos tinham a probabilidade de um em um milhão de ocorrerem. E ocorreram. Tudo o que era considerado absolutamente impossível já aconteceu, menos você acertar a Sena acumulada. Por que será que, onde existe percentagem, você está sempre do lado errado?

Deve ser duro trabalhar nos institutos de pesquisa. O cara é mandado pra rua todo dia.

SEXO É BOM, MAS PÔQUER DURA MAIS

Por que o governo não proíbe de uma vez os jogos de azar e libera só os que dão sorte?
Você acredita que só por não beber nem fumar, a roleta não é viciada?
Sorte no jogo e o amor que se foda!

SEXO SEGURO, SEXO NO SEGURO, SEGURA NO SEXO ETC

O sexo com segurança, desde que dentro da cabine e não na frente de todo mundo no banco, é gratificante.

O sexo seguro não é chato. Chato é a unha no calcanhar.

A relação anal pode resultar em pequenas fissuras. E até na fissura de experimentar outras vezes.

Dura lex, sed lex, no sem-cabelo só Jontex.

Nos métodos anticoncepcionais, geralmente a mulher fica com o anti, cabendo ao homem o concepcional.

Cuidado com os métodos anticoncepcionais. Gozar fora, por exemplo, não quer dizer atingir o clímax em outra cidade.

O preservativo de nada vale se for usado de maneira incorreta. Por exemplo, como bolinha de encher em aniversário de criança.

SEXO. TÔ DENTRO, TÔ FORA, TÔ DENTRO, TÔ FORA

Certas coisas são muito difíceis de se encarar de frente. O sexo anal, por exemplo.

Una o útil ao agradável. Quando ele estiver por cima, veja se o teto não precisa de uma faxina.

A primeira vez sempre deixa marcas. Senão na memória, pelo menos no carpete da sala.

Pau é feito dólar do narcotráfico: lavou, tá novo.

Apesar de tudo, o sexo continua em alta. Ou o seu já baixou?

Normalmente a mulher goza antes. É naquela hora em que você tira a cueca, ela olha pra você e dá uma gargalhada.

O bestialismo ocorre muito nos fins de festa, quando não sobrou nada pra você a não ser aquela besta.

Digam o que disserem, mas sexo é foda.

Hay que endurecer. Ou então entrar dobrado.

Nunca usufrua de um vício solitário a dois.

Os homens têm dificuldade em perceber quando suas mulheres gozam. É que nessa hora eles não estão por perto.

Se você foi introduzido ao sexo, começou pelo lado errado.

A sodomia, desde que seja para fins de reprodução, não deve ser encarada como um pecado.

Num felatio de cerimônia é permitido falar de boca cheia?

O que importa é a qualidade e não a quantidade de relações. De que adianta transar com a Fernanda Lima, a Paolla Oliveira e a Debora Secco juntas se isso será apenas uma aventura fútil que nada acrescentará à sua vivência enquanto ser humano?

Tudo vale a pena quando a peia não é pequena.

O sexo grupal é uma atividade que desperta grande interesse. Sempre junta gente.

Peito: mame-o ou deixe-o.

O sexo não é tudo na vida. Existem outros sentimentos mais fortes, como a inveja de quem pratica sexo numa boa, por exemplo.

Ao contrário do sexo anal, o sexo anual demora muito.

A ejaculação precoce pode não ser engraçada. Mas é esporrante.

O castrado não tá com essa bola toda.

SOGRAS, TÔ FORA!

A sogra venenosa é o único réptil do mundo que vê novela e faz tricô.

O habitat natural da sogra é a casa da sogra, um lugar cheio de paninhos em cima dos móveis e cadeado na geladeira.

Sua sogra chegou para ficar com as crianças enquanto você pega um cineminha com a patroa? Há malas que vêm para o bem.

Inquilino é que nem sogra: uma pessoa que mora na sua casa e você odeia.

TÁ RUIM PRA TODO MUNDO

É preciso ter fé e acreditar que toda essa crise vai terminar, antes que a próxima comece.

A crise ainda não chegou às classes mais favorecidas. Deve estar presa em algum engarrafamento ou então foi barrada na portaria.

Os empresários não estão conseguindo pagar nem boquete.

Nas férias, faça como os empresários mais sofisticados do Brasil: vá à falência.

Tem gente levando marmita vazia pro trabalho pra fingir que come e não passar vergonha. E depois ainda vai ao banheiro e finge que caga.

Na situação a que chegamos, já dá para ver a falta de luz no fim do túnel.

Apesar de toda essa crise, nossas elites não estão nem aí. Estão de férias em Miami.

Isso tudo está começando a cheirar muito mal... Quem comeu repolho aí?

TRABALHO DÁ TRABALHO

AONDE SE GANHA O PÃO NÃO SE COME A CARNE. A MENOS QUE VOCÊ TRABALHE DE GARÇOM NUMA CHURRASCARIA RODÍZIO.

FODER COM A PACIÊNCIA DE SUA SECRETÁRIA NÃO DEIXA DE SER UM ABUSO SEXUAL.

NÃO É DE BOM TOM PEDIR UM AUMENTO AO SEU CHEFE QUANDO ELE VOLTAR PRA CASA MAIS CEDO E ENCONTRÁ-LO NU DENTRO DO ARMÁRIO.

TV A CABO
E TV A RABO

O CHATO DE NOVELA REGIONAL É O SOTAQUE BAIANO NA NUCA.

O EROTISMO SEXUAL NA TV, QUE ESTAVA ENTRANDO E SAINDO DE NOSSOS LARES SEM PARAR, ACABOU, VIROU PRO LADO E ACENDEU UM CIGARRO.

A PUTARIA NA TV DEVE SER FEITA COM BOM GOSTO PARA NÃO VIRAR SACANAGEM.

VÁ AO TEATRO. MAS NÃO ME CHAME

Se o que você quer é uma peça original, vá a uma oficina autorizada.
Tem peça de vanguarda que só faz sucesso por causa da retaguarda da atriz.

VÁ À LUTA!

As guerras mundiais são o grande fracasso do século XX. Um filminho como Sexta-feira 13 já está na parte quinze e a humanidade nem começou a terceira guerra.

As guerras são um espetáculo teatral. E o pior de tudo é que tem sempre debate no final.

Um soldado desconhece o significado da palavra medo. E não tem dinheiro para comprar um dicionário.

A vantagem de uma guerra contra o Paraguai é que não precisaríamos levar armamentos. Poderíamos comprar lá mesmo, por um precinho super em conta.

O Brasil ganhou a Guerra do Paraguai por um a zero, gol de Romerito contra.

Paz é que nem 69: sempre aparece um pentelho pra atrapalhar.

VANHOS

COMO DIZIA O VANHO:
"VIADO SÓ AMANHÃ."

VELHO É VOCÊ, AMANHÃ!

O velho não deve deixar a peteca e a bengala caírem.

Depois dos setenta, quando um homem diz "vou te comer todinha", ele está só conversando com a papinha que a enfermeira trouxe.

Quando ela ficar toda molhadinha... Tá na hora de trocar a fralda.

Para o jovem, sofá é algo onde ele se deita para ver TV. Quando o ser humano se irrita com sofá sujo e manda encapar o seu com plástico, ele já é cientificamente considerado um velho.

Para as avós não interessa para onde o Brasil vai. O importante é que ele não esqueça de levar um agasalho e o guarda-chuva.

VOAR É COM OS FUNCIONÁRIOS PÚBLICOS

Adote um funcionário público. Ele não precisa de quase nada, só carinho, afeto, um carro oficial e cinco horas de almoço.

Funcionário público, proteja a sua natureza: preserve o meio expediente.

Serviço público: nunca tantos fizeram tão pouco em tanto tempo.

Na repartição, toda hora é hora... do almoço.

ZEN-
VERGONHICE

A verdade é que a milenar ciência da astrologia está aí há pelo menos mil anos.

Se cada um ficasse na sua quadratura e não se metesse na casa zodiacal dos outros, o mundo seria bem melhor.

O conceito do yin/yang, a nível de dualidade, enquanto dialética, equivale mais ou menos ao Fla-Flu.

Se uma montanha se interpõe no teu caminho, deves contorná-la ou pegar o túnel Rebouças.

Mago mesmo é quem fez o Caminho de Santiago na época do Pinochet.

Estamos entrando numa nova era, com Vênus na casa da família, Marte na casa da saúde e o dólar na casa do cacete.

A vida após a morte é muito parecida com essa. O Vinícius, por exemplo, continua enchendo a caveira.

LEIA OUTROS LIVROS DO CASSETA & PLANETA PUBLICADOS PELA UBK PUBLISHING HOUSE:

As melhores piadas do planeta...
e do casseta também!;

O enorme livro dos pensamentos
de Casseta & Planeta.